CAMAU CORSIOG

AF730048

Cyhoeddwyd gyntaf yng Nghymru yn 2022 gan Atebol Cyfyngedig,
Adeiladau'r Fagwyr, Llanfihangel Genau'r Glyn, Aberystwyth,
Ceredigion SA24 5AQ

Hawlfraint y testun © Meilyr Siôn 2022
Hawlfraint yr arlunwaith © James Cottell 2022
Hawlfraint y cyhoeddiad © Atebol Cyfyngedig 2022

Dyluniwyd gan Dylunio GraffEG
Golygwyd gan Adran Olygyddol Cyngor Llyfrau Cymru
Cyhoeddwyd gyda chymorth ariannol Cyngor Llyfrau Cymru
ISBN 978-1-80106-261-9

Cedwir pob hawl. Ni cheir atgynhyrchu unrhyw ran o'r cyhoeddiad hwn na'i drosglwyddo mewn unrhyw ffurf neu drwy unrhyw fodd, electronig neu fecanyddol, gan gynnwys llungopïo, recordio neu drwy gyfrwng unrhyw system storio ac adfer, heb ganiatâd ysgrifenedig y cyhoeddwr.

atebol.com

CAMAU CORSIOG

GAN MEILYR SIÔN

atebol

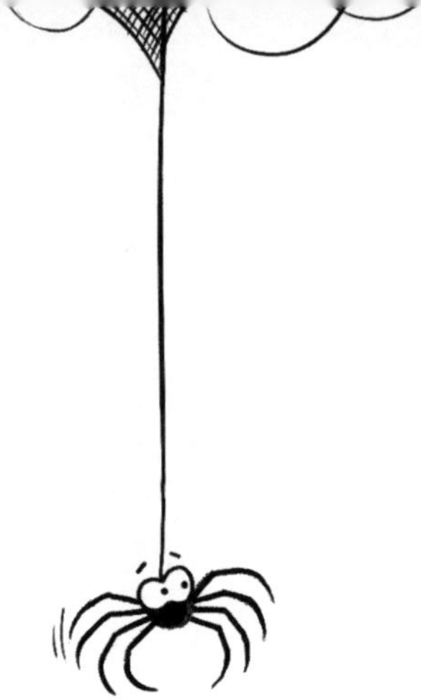

CYFLWYNIAD IOLO WILLIAMS

Mae llyfrau sy'n sôn am yr amgylchedd yn bwysig iawn, yn enwedig i blant ifanc fel chi. 'Dan ni wedi colli cysylltiad â byd natur. Pan o'n i'n fachgen, roedd y rhan fwyaf o blant yn hoffi gwylio grifft llyffant yn newid yn nhanc dŵr y dosbarth. Bob hydref hefyd, byddai plant yn mynd ati i gasglu concyrs er mwyn eu taro yn erbyn ei gilydd ar iard yr ysgol.

Mae *Camau Corsiog* yn helpu i gyflwyno creaduriaid ein tiroedd gwlyb i ddarllenwyr tebyg i chi. Straeon ysgafn a difyr ydi'r rhain sy'n llawn hanesion am yr anifeiliaid sy'n byw yn ein corsydd. Dwi'n ffyddiog y bydd y storïau'n helpu i ail-greu'r cysylltiad agos rhwng plant a byd natur er mwyn diogelu'r mannau gwlyb hyn am flynyddoedd i ddod.

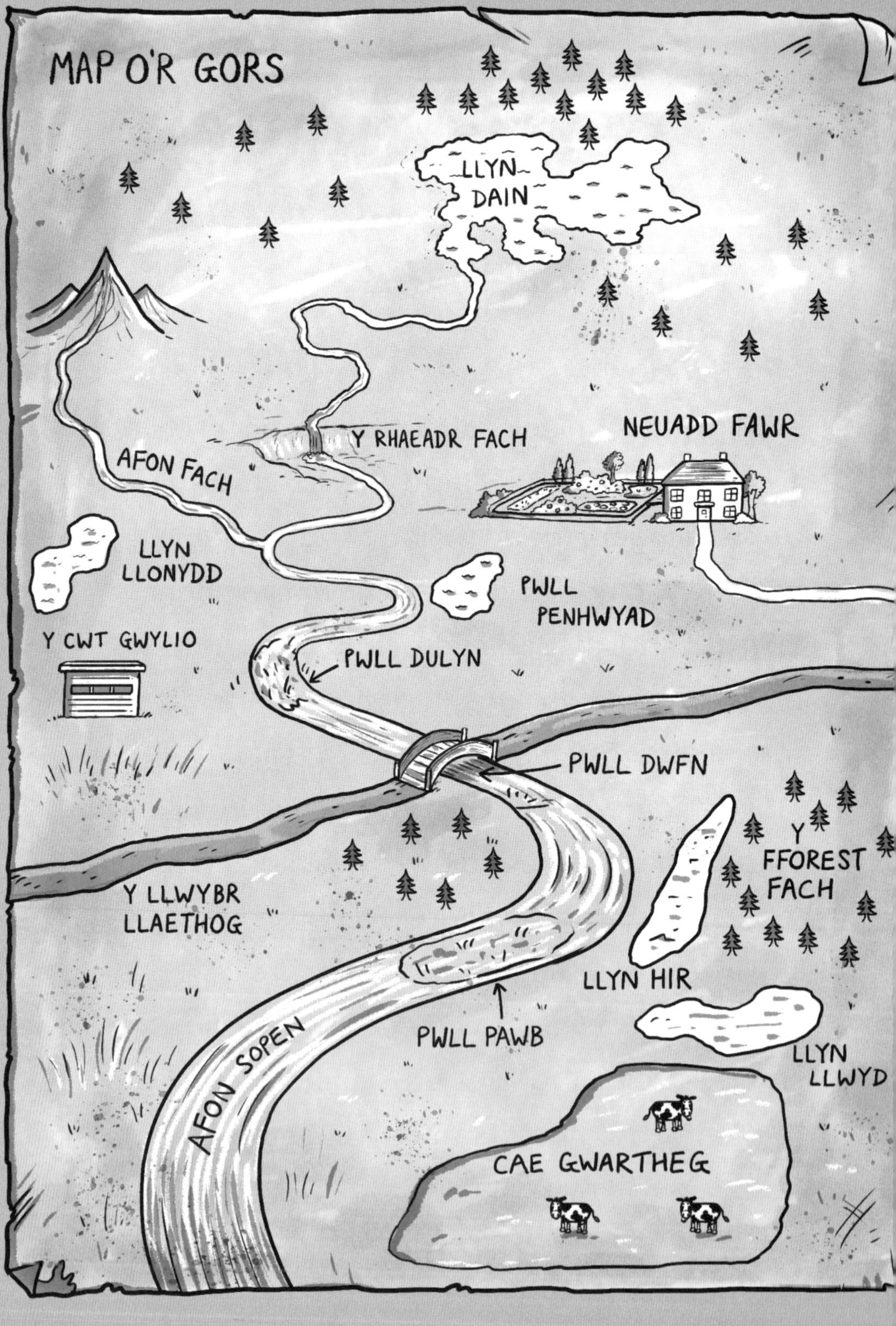
MAP O'R GORS
LLYN DAIN
Y RHAEADR FACH
NEUADD FAWR
AFON FACH
LLYN LLONYDD
PWLL PENHWYAD
Y CWT GWYLIO
PWLL DULYN
PWLL DWFN
Y FFOREST FACH
Y LLWYBR LLAETHOG
LLYN HIR
PWLL PAWB
AFON SOPEN
LLYN LLWYD
CAE GWARTHEG

LLE DA YW LLYN DAIN

Roedd hi'n ddiwrnod braf a phoeth yn y gors. Penderfynodd Dilys y dwrgi a Llew'r llygoden ddŵr fynd i nofio yn afon Sopen er mwyn dianc rhag y tywydd twym.

'Un, dau, tri ac i mewn â fi,' gwaeddodd Dilys wrth neidio i'r dŵr oddi ar y bont bren.

Chwarddodd Llew wrth wylio'i ffrind yn tasgu ac yn gweiddi islaw'r bont.

'Dere, Llew, mae'r dŵr yn hyfryd ac yn oer,' meddai Dilys.

Edrychodd Llew'n ansicr arni o'r bont. 'Mae'n eithaf uchel fan hyn. Beth petawn i'n cael dolur wrth lanio yn yr afon?'

Ysgydwodd Dilys ei phen. Doedd Llew ddim

yn un i fentro, meddyliodd. Byddai ei gysgod yn ddigon i godi ofn arno! Gwyliodd hi'r llygoden yn edrych dros ochr y bont a golwg nerfus ar ei wyneb.

'Fan hyn ry'ch chi,' gwaeddodd Ceri'r chwistlen ddŵr wrth gerdded ar hyd y bont, gyda dieithryn yn dilyn yn dynn wrth ei sodlau. Tasgodd Llew ar ei draed mewn ofn a syrthiodd dros ei ben a'i glustiau i'r afon.

Tro Dilys oedd hi i chwerthin nawr wrth ei wylio'n towcio yn y dŵr.

'Dwi eisiau i chi gwrdd â rhywun,' meddai Ceri.

Nofiodd Dilys a Llew i'r lan.

'Dyma Rhisiart. Mae e newydd symud o Lyn Dain i fyw yn y gors gyda'i deulu,' cyhoeddodd Ceri. 'Fe wnes i aros gyda nhw pan fues i yno ar fy ngwyliau.'

'Byddwn i'n dwlu mynd i Lyn Dain,' nododd Dilys. 'Mae'n anferth, yn ôl pob son.'

'Dwi ddim yn hoffi llefydd mawr,'

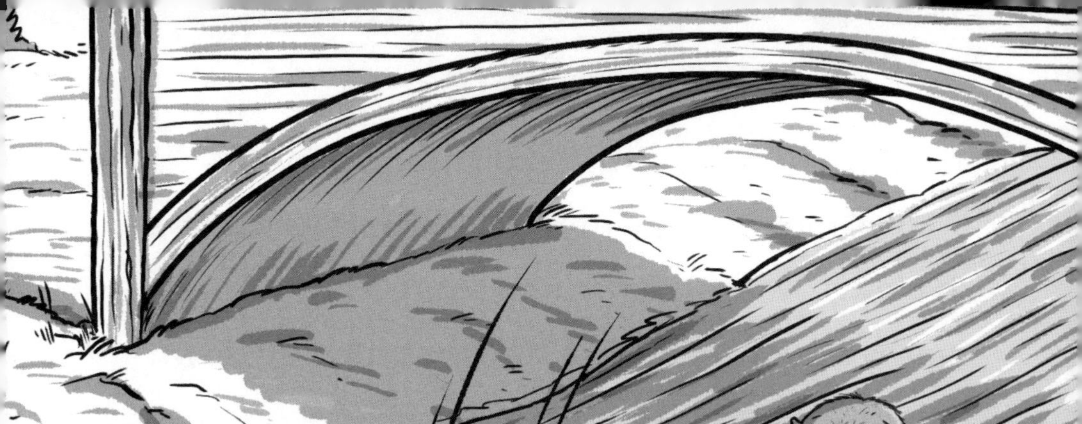

ychwanegodd Llew. 'Maen nhw'n codi ofn arna i. Dwi'n ddigon hapus yn afon Sopen.'

'Pa fath o anifail wyt ti?' holodd Dilys.

Syllodd Rhisiart yn ddiflas ar y dwrgi a'r llygoden ddŵr, a rhwbiodd ei drwyn gyda chrafangau ei ddwy droed blaen. 'Afanc,' atebodd yn bwysig.

'Dwi'n hoffi dy gynffon di,' meddai Llew.

'Ydi, mae'n wych,' meddai Rhisiart wrth Dilys a Llew. 'Dwi'n ei defnyddio i daro'r dŵr os oes unrhyw beth yn dod yn rhy agos ata i. Byddwn i ddim eisiau eich cynffonnau chi. Maen nhw'n edrych yn llipa.'

Sylwodd Ceri ar yr olwg flin ar wyneb Dilys. Roedd Llew'n syllu ar ei gynffon, a gwyddai y byddai'r llygoden ddŵr yn rhy swil i ymateb i sylw miniog yr afanc.

'Dyma Bwll Dwfn,' nododd Ceri er mwyn newid y sgwrs. 'Uwch ein pennau ni mae'r Bont Bren. Ry'n ni wrth ein bodd yn neidio oddi arni i mewn i'r afon. Beth am i ti roi cynnig arni, Rhisiart?

'Na,' atebodd y dwrgi'n swrth.

'Oes pontydd fel hyn gyda chi yn Llyn Dain?' holodd Llew.

'Mae Llyn Dain *mor* fawr, byddai'n amhosib adeiladu pont drosti,' bostiodd Rhisiart.

'Wyt ti'n ofn uchder?' holodd Dilys.

'Dwi ddim yn ofni unrhyw beth! Dwi'n dod o Lyn Dain,' atebodd yr afanc.

'Beth am i ni ddangos gweddill afon Sopen i Rhisiart?' cynigiodd Ceri wrth arwain y ffordd i fyny'r afon.

'Ie, iawn, sdim byd arall gen i'w wneud heddiw,' wfftiodd Rhisiart wrth ddilyn y tri arall.

Cyrhaeddodd y pedwar droad sydyn yn yr afon. 'Dwi ddim yn hoffi'r lle yma,' meddai Llew'n ofnus.

'Pam? Dyw e ddim yn edrych yn beryglus iawn i fi,' meddai Rhisiart.

'Os ei di allan o'r afon fan hyn fe weli di bwll unig yr ochr arall i'r tro. Yn y pwll mae blaidd dŵr ffyrnig yn byw, a phan mae'r afon yn mynd dros ei glannau mae'r pysgodyn yn dod allan o'i loches,' esboniodd Dilys.

'Yn ôl pob son, mae'r blaidd dŵr yn bwyta pysgod, hwyaid ... ac unrhyw greadur arall mae'n dod ar ei draws,' ychwanegodd Ceri.

Yn sydyn, llusgodd Rhisiart ei hun allan o'r afon a chamu'n hamddenol dros y tir sych tuag at y pwll. Syllodd ar y dŵr tywyll a tharo'r wyneb yn nerthol â'i gynffon. 'Yn Llyn Dain, mae gyda ni bysgod sydd mor fawr bydden nhw ddim yn gallu ffitio i mewn i bwll bach fel hwn,' cyhoeddodd Rhisiart cyn neidio'n ôl i mewn i'r afon.

Syllodd y tri arall yn gegrwth ar yr afanc. Doedd neb erioed wedi mentro gwneud rhywbeth fel yna o'r blaen!

'Beth am i ni ddangos y pwll Du Lyn i Rhisiart?' cynigiodd Ceri.

'Syniad da. Dyna bwll dyfnaf afon Sopen,' atebodd Dilys.

'Gobeithio ei fod e'n fwy diddorol na'r hyn dwi wedi'i weld hyd yma,' cwynodd Rhisiart wrth ddilyn y lleill.

Ymhen dim, cyrhaeddodd y cwmni'r pwll.

'Dyma ni o'r diwedd,' meddai Llew'n flinedig. 'Dwi wedi blino'n lân gyda'r holl nofio yma!'

'Dwyt ti ddim yn ddigon heini. Byddet ti ddim yn para pum munud yn Llyn Dain,' atebodd Rhisiart wrth syllu ar y llygoden ddŵr.

'Beth am i ni weld pa mor heini wyt ti, Rhisiart? Plymia i lawr i waelod y pwll ac yn ôl, a chwyd garreg o wely'r afon i ni,' heriodd Dilys yr afanc.

Chwarddodd Rhisiart. 'Dwi'n medru torri coed gyda fy nannedd a chreu pwll deg gwaith dyfnach na'r pwllyn bach yma!' wfftiodd yr afanc.

Gallai Ceri weld y blew'n codi ar gefn Dilys a gwyddai fod y dwrgi ar fin colli ei hamynedd. 'Beth am i ni fynd am dro i'r rhaeadr? Mae 'na ogof yr ochr arall i'r llen ddŵr.'

Teithiodd y pedwar draw at y rhaeadr. Roedd Ceri'n poeni oherwydd doedd hi ddim yn hoffi'r tawelwch lletchwith. Roedd hi wedi gobeithio y byddai pawb yn cyrraedd o'i blaen ond nid felly yr oedd hi! Daeth y rhaeadr i'r golwg ymhen dim.

'Dwi am nofio trwy'r dŵr er mwyn cyrraedd yr ogof sydd ar yr ochr arall. Pwy sydd am ddod gyda fi?' holodd Dilys.

'Bydd angen i ni fod yn ofalus oherwydd mae 'na ystlumod yn byw yn yr ogof,' rhybuddiodd Llew.

'Sdim eisiau i ti boeni am ystlumod. Pethau bach ydyn nhw. Yn Llyn Dain mae 'na adar anferth yn byw o gwmpas y llyn a fyddai'n dy lyncu di mewn eiliad,' broliodd Rhisiart unwaith yn rhagor.

'Dyna ddigon!' gwaeddodd Dilys. 'Dwi ddim eisiau clywed un gair arall am Lyn Dain! Os yw e'n lle *mor* braf, cer yn dy ôl 'na!'

Syllodd yr afanc yn syn ar y dwrgi. 'Wyt ti am adael i hon siarad gyda fi fel yna, Ceri?'

'Rhisiart, mi rwyt ti wedi bod braidd yn anghwrtais am afon Sopen, chwarae teg,' meddai Ceri.

'Heb anghofio amdana i a Dilys,' ychwanegodd Llew.

'Dwi ddim am dreulio eiliad arall yng nghwmni'r creadur hwn! Pwy sydd am ddod gyda fi yn ôl i'r bont bren?' holodd Dilys.

'Peidiwch â mynd. Dwi mor flin,' meddai Rhisiart. 'Ro'n i'n teimlo'n nerfus yn cwrdd â chi.

Mae Ceri wedi sôn cymaint amdanoch chi felly ro'n i eisiau creu argraff dda. Dwi'n sylweddoli nawr fy mod i wedi mynd dros ben llestri.'

Nofiodd Ceri draw at yr afanc a rhoi cwtsh iddo. 'Sdim eisiau i ti greu argraff ar neb, Rhisiart. Bydd yn ti dy hunan, dyna i gyd.'

Nodiodd yr afanc ei ben yn drist a gwelodd Dilys a Llew'n nesáu ato.

'Mae'n ddrwg 'da fi,' meddai Dilys.

'Mae'n rhaid ei fod e'n anodd symud o dy

gartref i le newydd fel hyn,' meddai Llew.

'Beth am i ni ddechrau eto?' awgrymodd Ceri.

Gwenodd Rhisiart. 'Diolch. Mi fyddwn i wrth fy modd yn neidio oddi ar y bont bren. Dwi erioed wedi gwneud unrhyw beth fel 'na o'r blaen.'

'Bant â ni, felly,' gwaeddodd Ceri. Ac i ffwrdd â'r pedwar ffrind tuag at y bont bren mewn hwyliau hapus ac yn llawn cyffro.

PWLL PENHWYAD

'Hwrê! Fi sy'n ennill!' bloeddiodd Sali'r eog cyn dod i stop yng nghanol Pwll Pawb.

'Llongyfarchiadau,' meddai Twm y brithyll brown.

Roedd y ddau ffrind wedi penderfynu rasio yn erbyn ei gilydd i weld pwy oedd y pysgodyn cyflymaf. Twm enillodd gystadleuaeth y naid uchel. Llwyddodd i dasgu allan o'r dŵr a chyffwrdd â brigyn isaf y goeden onnen uwchben.

'Ry'n ni'n gyfartal,' cyhoeddodd Sali. 'Beth yw'r her olaf?'

Gwenodd Twm yn ddrygionus arni. 'Beth am i ni weld pwy yw'r pysgodyn dewraf?'

Syllodd Sali arno. 'Beth sydd gen ti mewn golwg?'

Chwarddodd Twm yn ysgafn. 'Bydd angen i ni neidio allan o'r afon, croesi'r tir, a phlymio i waelod Pwll Penhwyad. Yr un sy'n medru gwneud hynna fydd yn ennill.'

'Wyt ti'n gall? Ti'n gwybod mai dyna lle mae blaidd y dŵr yn byw, on'd wyt ti?'

Chwarddodd Twm yn uwch. 'Oes ofn arnat ti?'

'Oes!' meddai Sali. 'Mae'r anghenfil sy'n byw yno'n bwyta pysgod fel ni i frecwast!'

'Straeon i godi braw ar bysgod bach ofnus yw'r rheina,' wfftiodd Twm.

'Mae hyd yn oed Deiniol y dwrgi'n cadw draw o Bwll Penhwyad.'

'Dwi am brofi mai fi yw pysgodyn dewraf afon Sopen ac ennill ein cystadleuaeth ni,' broliodd y brithyll. 'Dere!'

Ebychodd Sali. 'Daw dim daioni o'r ffwlbri yma,' sibrydodd yn dawel wrth wylio Twm yn diflannu i fyny'r afon.

Nofiodd Sali dros y cerrig llithrig ac o dan y goeden onnen, cyn seibio ym Mhwll Dwfn, ond doedd dim golwg o Twm yn unman. Gwyliodd fwydyn yn gwingo ar fachyn ar wely'r afon. Roedd y pysgotwr ar y lan yn ceisio dal pysgod heddiw eto, meddyliodd Sali.

Nofiodd yr eog yn ei blaen, gan gyrraedd tro sydyn yn yr afon. Gwyddai fod Pwll Penhwyad yn gorwedd y tu hwnt i'r tro ac ychydig i ffwrdd o'r afon.

'Dwi angen neidio allan o'r dŵr, osgoi'r tir, a glanio yn y pwll,' nododd yn benderfynol.

Rhuthrodd Sali i waelod yr afon ac anadlodd yn ddwfn. Yna, ysgydwodd ei chynffon â'i holl nerth cyn hyrddio'i hun allan o'r dŵr. Gwelodd y gors yn ymestyn i bob cyfeiriad o'i chwmpas.

'Dwi'n teimlo fel aderyn!' bloeddiodd wrth wibio drwy'r awyr – cyn glanio â sblash yng nghanol y pwll. Ysgydwodd ei phen ac agorodd ei llygaid. Dim ond tywyllwch oedd o'i chwmpas.

'Twm, ble rwyt ti?' sibrydodd yn ofnus.

Doedd dim sôn am ei ffrind. *Mae'n rhaid bod blaidd y dŵr wedi'i fwyta*, meddyliodd yn bryderus.

'Ble wyt ti wedi bod?' holodd llais o'r tywyllwch.

Sgrechiodd Sali cyn gweld y brithyll brown yn ymddangos fel ysbryd o flaen ei llygaid. 'O, Twm, ti sy 'na! Ro'n i'n poeni amdanat ti.'

'Sdim angen i ti boeni. Fe ddwedes i nad oedd blaidd y dŵr yn bodoli. Dwi wedi profi hynny, sy'n golygu mai fi sydd wedi ennill ein cystadleuaeth ni!'

'Llongyfarchiadau. A gawn ni adael nawr?' holodd Sali'n nerfus.

'Iawn. Dw i'n disgwyl 'mlaen i ddweud wrth bawb am hyn yn yr ysgol fory,' atebodd brithyll.

Trodd y ddau ar eu cynffonnau er mwyn gadael ... a gweld dwy lygad enfawr yn syllu arnyn nhw. Agorodd perchennog y llygaid ei geg gan ddangos dwy res o ddannedd miniog. Gwyddai Sali a Twm yn syth eu bod nhw'n syllu ar flaidd y dŵr.

'Dwi ddim yn cofio gwahodd cwmni draw 'ma heddi?' meddai'r anghenfil o bysgodyn.

'Esgusodwch ni, ond ro'n ni ar fin gadael,' meddai Sali'n gwrtais.

'Peidiwch â mynd ... arhoswch am ginio!' atebodd blaidd y dŵr.

'Beth sydd i ginio?' holodd Twm.

'Ni, mae'n siŵr! Dere, Twm!' bloeddiodd Sali.

Tasgodd y pysgod bach allan o'r pwll, cyn hedfan dros borfa felen y gors a phlymio i ddŵr afon Sopen. Trodd y ddau a gweld blaidd y dŵr yn eu dilyn.

'Beth wnawn ni nawr?' holodd Twm.

'Dilyna fi! Mae gen i syniad,' meddai Sali.

Aeth y ddau i guddio o dan garreg ym Mhwll Dwfn.

'Dewch allan,' cwynodd y pysgodyn mawr.

'Gallwn ni ddim aros fan hyn am byth,' sibrydodd Twm.

'Cadwa di ei sylw. Mae gen i syniad arall,' atebodd Sali.

Sleifiodd yr eog allan o'i chuddfan a nofiodd draw at fachyn y pysgotwr. Tynnodd y mwydyn yn rhydd ohono a'i lusgo'n ofalus at gynffon blaidd y dŵr. Roedd Twm yn ceisio dal ei sylw trwy ymddangos bob hyn a hyn o'r tu ôl i'r garreg.

Gwyddai Sali mai dim ond un cyfle oedd ganddi. Cododd y bachyn a'i blannu yng nghynffon blaidd y dŵr. Sgrechiodd y pysgodyn mawr yn uchel a thasgu'n wyllt ar draws y pwll.

'Dere, Twm,' bloeddiodd Sali.

'Arhosa ble rwyt ti,' gorchmynnodd Twm. 'Os wnawn ni adael, mae'n bosib y cawn ni ein dal gan flaidd y dŵr.'

'Ti'n iawn,' atebodd hithau.

Gwyliodd y ddau ffrind flaidd y dŵr yn brwydro yn erbyn gwialen y pysgotwr. Nofiodd mewn cylchoedd o amgylch y garreg cyn disgyn yn flinedig ar wely'r afon. Yna, er mawr syndod i'r pysgod bach, dechreuodd lefain yn dorcalonnus. Ymddangosodd y ddau ffrind o'r tu ôl i'r garreg.

'Pam nad oes neb eisiau bod yn ffrindiau gyda fi?' cwynodd.

Syllodd Sali a Twm yn syn ar ei gilydd.

'Ro'n i'n meddwl dy fod ti am ein bwyta ni i ginio,' meddai'r eog wrtho.

Syllodd blaidd y dŵr yn drist arni. 'Dim o gwbl. Ro'n i am baratoi cinio blasus i ti a dy ffrind. Dwi byth yn cael ymwelwyr yn galw heibio. Dwi'n codi ofn ar bawb oherwydd fy mod i mor fawr a ffyrnig.'

Roedd Sali a Twm yn teimlo'n ofnadwy.

'Mae'n ddrwg gen i,' ymddiheurodd yr eog.

'A finnau hefyd,' ychwanegodd y brithyll. Yna, cafodd syniad. 'Beth am i ni fod yn ffrindiau?'

Gwenodd y pysgodyn mawr. 'Byddwn i wrth fy modd. Benji ydw i. Beth yw'ch enwau chi?'

'Fi yw Sali a dyma Twm.'

'Am enwau hyfryd,' nododd Benji'n drist.

'Beth sy'n bod?' holodd Twm o weld yr olwg anhapus ar wyneb eu ffrind newydd.

'Chi yw'r ffrindiau cyntaf dwi erioed wedi'u cael, ond nawr dwi'n sownd i'r llinyn 'ma!' Dechreuodd Benji lefain unwaith eto.

Gwenodd Sali arno. 'Paid ti â phoeni am hynna! Mi wnawn ni dy helpu di nawr.'

Nofiodd Sali a Twm draw at gynffon Benji.

'Cydia di yn y llinyn, Twm, ac mi lusga i'r bachyn yn rhydd,' meddai Sali. 'Ar ôl tri. Un ... dau ... tri!' Mewn chwinciad, llwyddodd y ddau i ryddhau Benji ac ysgydwodd hwnnw ei gynffon yn hapus.

'Diolch yn fawr i chi,' meddai blaidd y dŵr.

'Sdim angen i ti ddiolch i ni,' meddai Sali.

'Nac oes, wir. Wedi'r cyfan, dyna beth mae ffrindiau'n ei wneud – helpu ei gilydd,' ychwanegodd Twm.

'Beth am i ni fynd draw i'r siop i nôl rhywbeth i'w fwyta? Dwi'n llwgu ar ôl yr holl gyffro yna,' meddai Sali.

'Syniad da,' cytunodd Benji.

'Dewch, bawb. Y pysgodyn olaf i gyrraedd y siop fydd yn prynu i bawb arall,' heriodd Twm.

'Ti fydd hwnnw,' meddai Sali'n chwareus, cyn nofio i ffwrdd.

'Gawn ni weld am hynna. Dere, Benji.' Trodd y brithyll, ond roedd blaidd y dŵr wedi gadael yn barod. 'Arhoswch i fi!' gwaeddodd wrth glywed y ddau arall yn chwerthin yn uchel arno a diflannu i gyfeiriad Pwll Pawb.

ANGHARAD I'R ADWY!

'Angharad! Ble wyt ti?' holodd Heulyn y gwibedyn yn flin. Roedd y pryfyn wrthi'n chwilio am ei ffrind, ond doedd dim golwg ohoni'n unman. Doedd Angharad y gleren ddim yn dda iawn am gofio pethau. Yn wir, doedd Heulyn erioed wedi cyfarfod â rhywun oedd mor wael am ganolbwyntio.

Cododd Heulyn yn uwch i fyny'r awyr er mwyn cael golwg well o'r gors. I lawr yng Nghae'r Gwartheg, gwelodd Angharad yn rholio ac yna'n dawnsio mewn pentwr o ddom gwartheg. Ebychodd yn uchel cyn gwibio i lawr at ei ffrind.

'Angharad! Dere i ffwrdd o'r dom 'na ar unwaith!'

'Helô Heulyn, beth wyt ti'n wneud 'ma?' holodd Angharad.

'Ro'n ni i fod i gwrdd y peth cyntaf bore 'ma er mwyn dechrau dy ymarferion ffitrwydd,' atebodd y gwibedyn. 'Fe wnest ti ofyn am fy help i ddoe.'

'Dofe?' meddai Angharad.

'Do. Mi fyddi di'n dda i ddim os wnei di stwffio dy hunan yn llawn dom cyn dechrau ymarfer,' cwynodd Heulyn.

Gwenodd Angharad. 'Dwi'n dwlu ar ddom. Allwn i byth hedfan heibio pentwr fel hyn heb drial tamed bach.'

'Tamed bach!' sgrechiodd Heulyn. 'Ti wedi plastro dy hunan yn y stwff! Shwt wyt ti'n disgwyl i fi dy helpu di a thithau'n drewi yn fy ffroenau drwy'r dydd? Dere!'

Hedfanodd y ddau dros afon Sopen ac yna glanio ar y llwybr pren o flaen y Cwt Gwylio.

'Reit, dy dasg gyntaf yw rhedeg nerth dy goesau i fyny ac i lawr y llwybr yma. Bant â thi!'

Rhedodd Angharad yn llafurus ar hyd y trawstiau pren. Teimlai ei chorff yn drwm a chrynai ei choesau. Pan gyrhaeddodd pen y llwybr, syrthiodd ar ei bol yn flinedig.

'Cwyd, Angharad!' bloeddiodd Heulyn. 'Dim

ond un set rwyt ti wedi'i wneud!'

Roedd y gleren wedi colli'i gwynt yn lân. 'Diolch am dy help di heddiw, Heulyn. Roedd hwnna'n anodd,' nododd wrth anadlu'n drwm.

'Diolch am fy help i?' gwichiodd y pryfyn bach. 'Newydd ddechrau y'n ni!'

'O, reit, dwi'n gweld,' meddai Angharad yn bwdlyd.

'Iawn, gad y rhedeg am nawr. Tro yma, dwi am i ti ddringo wal y Cwt Cuddio yr holl ffordd o'r gwaelod i'r pen uchaf,' nododd Heulyn wrth wafftio'i drwyn gyda'i goesau. Roedd arogl y dom yn gwaethygu wrth i'w ffrind chwysu yn yr haul.

Syllodd Angharad ar y dasg anferthol o'i blaen. 'Pam na alla i hedfan i fyny'r wal?'

'Hedfan i fyny'r wal? Beth yw'r pwynt gwneud hynny? Mae hedfan yn rhwydd ond mae dringo'n anodd, felly bant â thi,' atebodd

Heulyn yn flin. Roedd y gleren yn dechrau mynd yn dreth ar amynedd y gwibedyn!

Dringodd Angharad yn araf i fyny ochr y cwt. Roedd hi'n chwysu gyda'r holl ymdrech a dechreuodd ei choesau grynu'n fwy na phan oedd hi'n rhedeg. Ar ôl peth amser, cyrhaeddodd ffenest yr adeilad a gallai weld olion brechdan ar y llawr y tu mewn. Cwynodd ei stumog a theimlodd yn llwglyd.

'Beth wyt ti'n wneud? Fe gei di saib ar ôl i ti orffen,' cwynodd Heulyn.

Ymlaen aeth Angharad yn araf nes iddi gyrraedd agoriad yn y ffenest. Gallai arogli'r caws glas a'r bara, a llusgodd ei hun trwy'r

gwagle. Hedfanodd yn syth tuag at y frechdan a dechreuodd ei bwyta'n awchus.

Roedd Angharad yn mwynhau ei hunan gymaint fel na chlywodd Heulyn yn taro gwydr y ffenest.

'Dwi wedi cael digon! Fe gei di gadw'n heini ar ben dy hunan o nawr 'mlaen. Dwi'n mynd!'

Cododd Angharad ei phen oddi wrth y wledd ac edrychodd o'i chwmpas. 'Dwi'n siŵr wnes i glywed Heulyn ... ond does dim golwg ohono fe'n unman,' meddai'n hapus cyn stwffio darn o gaws drewllyd i'w cheg.

Gwibiodd Heulyn yn grac trwy'r awyr. Teimlai ei fod newydd wastraffu bore cyfan yn ceisio helpu Angharad. Glaniodd yn swrth er mwyn cael ei wynt yn ôl. Roedd e wedi blino'n lân.

Yn sydyn, gwibiodd arogl melys heibio'i drwyn. Cafodd ei hudo gan y persawr ac aeth ati i'w ddilyn. Roedd yr arogl yn cryfhau wrth iddo ddringo i fyny coesyn blodyn gerllaw.

Gyda'i ben yn nofio a'i geg yn glafoeri, eisteddodd ar ochr un o betalau pigog y planhigyn.

'Helô a chroeso,' clywodd Heulyn rhywun yn ei gyfarch.

'Pwy sy 'na?' holodd y gwibedyn. Roedd y llais wedi ei lusgo allan o'i hanner breuddwyd.

'Chwys yr Haul sy 'ma. Mi rwyt ti'n eistedd ar un o'm petalau i. Dwi'n dwlu cael pryfed bach fel ti draw i ginio,' meddai wrth gau ochrau'r petalau at ei gilydd.

Brwydrodd Heulyn i ddod yn rhydd ond roedd e wedi ei lynu i'r fan.

'Help, Angharad, help! Dwi'n sownd,' gwaeddodd y gwibedyn wrth i'r byd dywyllu o'i gwmpas.

'Blasus iawn,' meddai Angharad wrth orffen y frechdan yn y Cwt Gwylio.

'Byddai Heulyn yn siŵr o roi stŵr i fi pe bai e 'ma nawr. Mae'r caws 'ma'n gwynto'n gryfach na dom y gwartheg, hyd yn oed,' nododd wrth chwerthin yn ysgafn.

Yn sydyn, clywodd lais yn galw ei henw. 'Llais Heulyn yw hwn'na. Beth mae e eisiau nawr, tybed?'

Clustfeiniodd y gleren unwaith eto. Heulyn y gwibedyn oedd e, heb amheuaeth. Gallai synhwyro'r arswyd yn ei lais a'r gair 'help' yn cael ei ailadrodd dro ar ôl tro. 'Mae Heulyn mewn trwbwl. Mae e angen fy help i!'

Saethodd ar ei thraed a chwifiodd ei hadenydd gan ddringo trwy'r awyr tuag at y ffenest. 'Aw!' cwynodd wrth daro yn erbyn y gwydr. 'Pam nad ydw i'n gallu mynd allan? Dwi'n gweld y gors ond mae rhywbeth yn fy atal i rhag gadael,' cwynodd cyn taro'i phen unwaith eto. 'Aaaaa!' gwaeddodd wrth ddawnsio'n wyllt i fyny ac i lawr y gwydr.

Teimlodd awel ffres yn dod o rywle a phan edrychodd o'i chwmpas gallai weld fod pen uchaf y ffenest ar agor. Dringodd yn ofalus tuag at y bwlch – ac mewn fflach roedd hi'n rhydd!

Gwibiodd Angharad yn wyllt trwy'r awyr tuag at gyfeiriad llais ei ffrind.

'Dal 'mlaen, Heulyn, dwi'n dod!'

Ond roedd y llais yn gwanhau. 'Heulyn, ble wyt ti?' holodd Angharad drachefn wrth iddi hofran am eiliad yn yr awyr.

'Dwi'n sownd yng nghrafangau Chwys yr Haul,' clywodd ef yn cwyno oddi tani.

Gallai Angharad weld y gwibedyn yn diflannu rhwng pigau'r blodyn. Heb feddwl, plymiodd drwy'r awyr a glanio ar y planhigyn. Tasgodd yr ochrau'n agored a chafodd Heulyn ei daflu drwy'r awyr.

'Ych a fi!' cwynodd Chwys yr Haul. 'Beth yn y byd yw'r drewdod 'na?'

'Fy ffrind gorau i yw hon'na, ac mae'n gwynto'n fendigedig,' bostiodd Heulyn.

'Cer â hi o 'ma, plis. Alla' i ddim dioddef y gwynt am eiliad arall!'

Heglodd y ddau ffrind oddi yno'n syth.

'Mae'n ddrwg 'da fi am roi amser caled i ti,' meddai Heulyn ar ôl i'r ddau lanio'n ôl yng Nghae'r Gwartheg.

'Pryd wnest ti roi amser caled i fi?' holodd Angharad mewn penbleth.

Chwarddodd Heulyn. 'Ti'n gwybod beth, Angharad? Mi rwyt ti'n berffaith fel rwyt ti, felly paid byth â newid, ti'n clywed?'

'Fe wna i drio fy ngorau! Hei, wyt ti am ddod i ddawnsio gyda fi ar y dom?' gofynnodd Angharad.

'Rhywbryd eto, efallai ...' atebodd Heulyn wrth i'r ddau ffrind wenu'n hapus ar ei gilydd.

DREIGIAU'R AER

Safai Gary gwas y neidr mewn rhes ger Llyn Llonydd. Roedd gweision neidr y gors wedi casglu ynghyd ar gyfer treialon Dreigiau'r Aer. Crynai adenydd Gary'n nerfus wrth wrando ar Gapten Sgarlad yn annerch pawb o frigyn uchel ger y dŵr.

'Dim ond y gweision neidr gorau sy'n cael eu dewis i fod yn aelodau o Ddreigiau'r Aer,' cyhoeddodd y Capten. Disgleiriai cyrff gleision y gweision neidr wrth iddyn nhw nodio eu pennau mewn cytundeb â'r capten. 'Dwi'n chwilio am unigolion hyblyg a dewr sy'n gallu hedfan yn uchel yn yr awyr wrth berfformio fel rhan o'r tîm.'

Teimlodd Gary rywun yn ei gicio'n ysgafn.

Trodd a gwelodd Gwen yn syllu'n sur arno.

'Dyna ti allan ohoni,' sibrydodd hithau. 'Mae pawb yn gwybod bod ofn uchder arnat ti.'

Gwridodd Gary. Roedd Gwen yn iawn, ond roedd e'n benderfynol o ddod yn aelod o griw hedfan enwog Dregiau'r Aer. 'Bydd yn dawel,' atebodd yntau.

Teimlodd Gary rywun yn hofran uwch ei ben a phan edrychodd i fyny gwelodd Capten Sgarlad yn syllu arno. Tyngai fod corff y Capten yn gochach ei liw nag yr oedd e rai eiliadau ynghynt.

'Beth sy'n bod? Ydw i'n dy ddiflasu di?'

'Na,' atebodd Gary.

'Na, beth?' gwaeddodd y Capten.

'Na, dim o gwbl,' meddai Gary drachefn.

'Na, dim o gwbl, SYR,' bloeddiodd y Capten.

'Na, dim o gwbl, syr,' ailadroddodd Gary'n nerfus.

Hedfanodd yr arweinydd yn ôl i'w frigyn

a gallai Gary glywed Gwen yn chwerthin yn dawel gerllaw. Roedd hi'n hoffi gwneud hwyl am ei ben ac roedd e wedi cael llond bol arni.

'O'r gorau, pawb i fyny i'r awyr, a byddwch yn barod i ddilyn fy ngorchmynion i,' cyhoeddodd Capten Sgarlad.

'Bydd e'n hwyl dy wylio di'n methu o flaen pawb, Gary,' meddai Gwen yn greulon wrth godi i fyny i'r awyr.

Gwyliodd Gary'r gors yn mynd yn llai ac yn llai oddi tano. Dechreuodd ei ben nofio ac roedd ei gorff yn crynu. Roedd e'n methu canolbwyntio. Gwyddai fod y Capten yn gweiddi arno ond methai glywed gair. Gallai deimlo'i hun yn taro'n lletchwith yn erbyn y gweision neidr eraill, ac o fewn dim roedd yn plymio drwy'r awyr tuag at y gors islaw.

Glaniodd Gary fel carreg yng nghanol dŵr Llyn Llonydd. Pan nofiodd i'r wyneb, gwelodd Capten Sgarlad yn hofran uwch ei ben fel hofrenydd.

'Beth sy'n bod arnat ti?' holodd yn ffyrnig.

'Dwi ofn uchder,' atebodd Gary rhwng pyliau o beswch.

'Dwi erioed wedi clywed am was y neidr sydd ofn uchder o'r blaen,' meddai'r Capten yn syn. 'Paid â gwastraffu rhagor o'n hamser! Cer!'

Fflapiodd Gary ei adenydd a hedfanodd i ffwrdd yn gyflym.

Aeth diwrnodau heibio cyn i Gary ymddangos o'i guddfan ger afon Fach. Roedd e'n dal i deimlo cywilydd am yr hyn ddigwyddodd gyda chriw Dreigiau'r Aer.

'Sut wyt ti'n teimlo erbyn hyn, Gary?' holodd Medwyn wrth gyrraedd lan yr afon. Doedd dim byd yn digwydd yn y gors heb i'r madfall ddod i wybod amdano.

'Dwi'n iawn,' atebodd yntau.

'Ti'n siŵr?' holodd Medwyn.

Trodd Gary ei ben wrth i'r dagrau ddisgyn. 'Hedfan gyda Dreigiau'r Aer oedd fy mreuddwyd i, ond mae hynny ar ben nawr,' meddai'n drist.

Gwenodd Medwyn ar ei ffrind. 'Dyw aros fan hyn yn teimlo'n ddigalon ddim yn mynd i dy helpu di. Dere am dro gyda fi.'

Teithiodd y ddau ar hyd afon Fach. Wrth

iddyn nhw fynd heibio i Lyn Llonydd, gwelodd y ddau fod gwledd anferth yn cael ei pharatoi. Ac uwch eu pennau, roedd Dreigiau'r Aer yn ymarfer ar gyfer eu perfformiad mawr yn hwyrach yn y prynhawn.

'Ro'n i wedi anghofio pa mor lliwgar ydyn nhw. Pwy yw'r un gwyrdd ynghanol y rhai coch a glas?' holodd Medwyn.

Suddodd calon Gary. 'Gwen yw honna.'

'Hi yw'r un sy'n hoffi gwneud sbort am dy ben di?' holodd y madfall.

'Ie,' atebodd Gary.

Penderfynodd Medwyn beidio â sôn mwy am y peth. Doedd e ddim eisiau cynhyrfu Gary ymhellach. 'Beth am i ni fynd draw i ble mae afon Fach yn llifo i mewn i afon Sopen? Mae'n lle da i ddal pryfed – a dwi'n llwgu,' meddai Medwyn.

'O'r gore,' atebodd Gary'n ddiflas.

Treuliodd y ddau'r bore yng nghwmni ei

gilydd. Aeth Medwyn ati i ddweud rhai o'i jôcs, gwneud siapau digri gyda'i wyneb a dal pryfed blasus ar gyfer ei ffrind, ond ofer oedd ei ymdrechion. Roedd Gary'n dal i edrych yn ddiflas.

'Beth am i ni fynd adre?' cynigiodd Medwyn.

Nodiodd Gary ei ben a dilynodd y madfall i fyny afon Fach.

Pan gyrhaeddodd y ddau Lyn Llonydd, roedd torf wedi ymgasglu er mwyn gwylio'r sioe awyr. Roedd pawb yn mwynhau eu hunain wrth weld y criw'n perfformio'u symudiadau anhygoel fry uwchben.

'Dyma'r sioe orau eto,' cyhoeddodd Dafydd y gleren Fai.

Yna, yn sydyn, saethodd aderyn lliwgar drwy'r awyr, gan anelu'n syth am y gweision neidr.

'Glas y Dorlan! Pawb i guddio ar unwaith,' sgrechiodd Dafydd.

Gwyliai Medwyn a Gary'r cyfan yn fud wrth i'r gweision neidr chwalu fel conffeti yn yr awyr. Yna, cipiwyd Gwen gan grafangau'r aderyn.

'O na! Mae'r aderyn wedi dal Gwen!' gwaeddodd Gary.

'Mae'n rhaid i chi ei hachub hi,' meddai Medwyn wrth i Gapten Sgarlad wibio heibio.

'Beth yn y byd fedra i ei wneud yn erbyn Glas y Dorlan? Mae e'n rhy fawr o lawer, a bydd yn siŵr o 'mwyta i,' atebodd y Capten.

'Mae'n rhaid i rywun wneud rhywbeth neu fe fydd hi ar ben ar Gwen,' ebychodd Medwyn wrth droi at ei ffrind. Ond doedd Gary ddim yno. Syllodd y madfall o'i gwmpas a chafodd sioc wrth weld ei ffrind yn hedfan ar wib i gyfeiriad Glas y Dorlan.

Gwyliai Medwyn a'r Capten mewn rhyfeddod wrth i Gary gau ei ddannedd yn dynn am goes yr aderyn.

'Aw!' sgrechiodd Glas y Dorlan cyn rhyddhau Gwen a hedfan i ffwrdd mewn poen.

Lapiodd Gary ei goesau'n ofalus o gwmpas Gwen a disgynnodd yn ofalus i lawr at lan y llyn.

'Roedd hynna'n anhygoel!' nododd Capten Sgarlad.

'Ti'n arwr,' meddai Medwyn yn falch wrth ei ffrind.

'Ro'n i'n meddwl bod ofn uchder arnat ti!' meddai'r Capten yn syn.

'A minnau,' atebodd Gary. 'Ond pan welais i Gwen yn cael ei chario i ffwrdd, roedd rhaid i fi wneud rhywbeth.'

'Diolch, Gary. Wnest ti achub fy mywyd i. Fydda i byth yn gas i ti eto,' ychwanegodd Gwen.

Glaniodd y gweision neidr eraill wrth ochr Gary a dechreuodd pawb ei longyfarch.

'Gary, hoffwn i dy wahodd di i fod yn aelod o Ddregiau'r Aer,' cyhoeddodd Capten Sgarlad.

Gwridodd Gary'n gochach na chorff y Capten.

'Diolch, ond mae'n well gen i eich *gwylio* chi'n perfformio, dw i'n credu. Mae'n fwy diogel o lawer.'

'Beth am i ni wneud Gary'n aelod anrhydeddus? Sdim rhaid iddo fe hedfan gyda ni, ond mi fydd e'n dal i fod yn aelod o'r criw,' cynigiodd Gwen.

'Am syniad ardderchog,' atebodd y Capten.

'Bydden i'n hoffi hynny'n fawr iawn,' meddai Gary'n hapus.

'Dewch, bawb, mae 'na wledd wedi ei pharatoi ar ein cyfer. Mae'n amser dathlu!' cyhoeddodd Capten Sgarlad wrth i bawb ei throi hi am y llyn.

Y NOSON MAWEN

Rhuthrodd Sid y corryn yn gyflym rhwng brwyn y gors. Roedd e'n chwilio am Siani'r sioncyn y gwair, ond doedd dim sôn amdani'n unman. Roedd hi bron yn amser iddi berfformio yng nghystadleuaeth y Noson Mawen, ac roedd angen iddi fod yn y neuadd.

O'r diwedd, gwelodd Sid ei ffrind yn eistedd ar welltyn. Edrychai Siani'n unig ac yn ddiflas.

'Beth wyt ti'n wneud fan hyn? Mae Miss Malwen yn disgwyl amdanat ti ger y llwyfan,' meddai'r corryn.

Ochneidiodd Siani. 'Dwi ddim eisiau cystadlu.'

'Pam?' holodd Sid. 'Ti'n cofio bod y crychydd enwog, Seimon Cawdel, yn beirniadu a bod yr enillydd yn derbyn sesiwn recordio yn ei stiwdio?'

Nodiodd Siani ei phen. 'Dwi ddim eisiau canu,' sibrydodd.

Syllodd Sid yn syn arni. Gwyddai fod gan Siani lais swynol a hi oedd un o gantorion gorau côr yr ysgol.

'Beth sy'n bod, Siani?'

'Dwi ddim eisiau perfformio'r alaw werin mae Miss Malwen wedi'i dewis i mi,' atebodd yn drist. 'Mae'n hen ffasiwn.'

'Dwi'n gweld,' meddai Sid. 'Pa fath o gân hoffet ti ei chanu?'

'Dwi eisiau rapio i'r caneuon hip hop ry'n ni'n eu sgrifennu,' atebodd Siani, gan edrych yn obeithiol ar ei ffrind. 'Pam na wnawn ni berfformio gyda'n gilydd?'

Crynodd Sid. 'Byddai'n well gen i eistedd mewn nyth llawn cywion llwglyd na sefyll ar lwyfan o flaen cynulleidfa! Dere, mae'n rhaid i

ni fynd neu bydd y gystadleuaeth wedi gorffen.'

Dilynodd Siani ei ffrind yn benisel tua'r neuadd. Doedd hi ddim yn edrych ymlaen at berfformio hen gân o flaen ei theulu a'i ffrindiau, heb sôn am yr enwog Seimon Cawdel!

'Ble wyt ti wedi bod, Siani?' holodd Miss Malwen yn flin pan gyrhaeddodd y corryn a'r sioncyn y gwair ochr y llwyfan. 'Paid â phoeni, ti yma nawr. Ti fydd nesaf ar ôl i Bari'r Broga orffen.'

Edrychodd Siani a Sid ar wddf y broga'n chwyddo fel swigen gwm cnoi ar y llwyfan. Aeth peth amser heibio a dechreuodd y gynulleidfa symud yn anesmwyth yn eu seddi. Yna, crawciodd Bari'n araf ac yn ddwfn wrth i'w wddf grebachu unwaith eto.

'Dyw hyn ddim yn mynd i blesio Seimon,' nododd Miss Malwen.

'Pam y'ch chi'n dweud hynna, Miss?' holodd Siani.

'Mi chwythodd Seimon Gôr y Clêr oddi ar y llwyfan, fflapiodd ei adenydd i gael gwared ar barti dawns y Morgrug Mân a sgrechiodd dros unawd Bryn Tyrchfil,' atebodd yr athrawes. 'Mae e'n amlwg yn casáu pethau traddodiadol. Efallai y dylwn i fod wedi dewis rhywbeth mwy cyfoes ar dy gyfer di, Siani.'

Ochneidiodd Siani'n dawel. Gwyddai'n union beth oedd yn ei disgwyl pan agorai ei cheg i ganu. Byddai ei ffrindiau'n siŵr o chwerthin ar ei phen pan ddeuai'r feirniadaeth hallt o'r crychydd!

Chwyddodd gwddf Bari unwaith eto. Roedd e'n paratoi i ryddhau crawc hir arall pan saethodd pig Seimon i'r golwg. Pinsiodd y swigen a diflannodd y broga gyda bang trwy nenfwd y neuadd.

'Diflas!' sgrechiodd Seimon Cawdel o'i sedd. 'Pwy sydd nesaf?'

Syllodd Miss Malwen yn drist ar Siani. 'Pob lwc i ti, bach. Bydd e drosodd cyn i ti wybod beth sydd wedi digwydd,' meddai'r athrawes yn ddigalon.

Cerddodd Siani'n nerfus ar y llwyfan. Roedd y lle'n llawn a sylwodd ar ei rhieni'n eistedd yn y rhes flaen. Mae hyn yn mynd i fod yn ofnadwy, meddyliodd wrth sefyll yng nghanol y llwyfan.

Clywodd nodyn yn canu ar y piano – gwyddai mai dyna oedd yr arwydd iddi ddechrau arni. Agorodd ei cheg ... ond ni ddaeth yr un smic allan. Ceisiodd unwaith eto. Roedd ei cheg hi'n sych a dechreuodd ei choesau grynu. Clywodd

chwerthin yn dod o'r gynulleidfa a gwelodd Seimon Cawdel yn anesmwytho yn ei sedd.

Caeodd Siani ei llygaid er mwyn pwyllo, ac anadlodd yn ddwfn. Gallai weld geiriau'r alaw werin yn toddi o flaen ei llygaid. Dychrynodd drwyddi. Roedd ei nerfau wedi cael y gorau ohoni ac roedd hi wedi anghofio'r gân yn gyfan gwbl!

Yn sydyn, clywodd sŵn cyfarwydd yn nesáu tuag ati. Agorodd ei llygaid a gwelodd Sid yn eistedd wrth ei hochr yn taro'i fola i rythm grynedig ei choesau. Roedd ei lygaid wedi'u cau'n dynn.

'Rapia glou, cyn i mi golli fy mhlwc,' gorchmynnodd y corryn trwy gornel ei geg.

Gwenodd Siani arno. Sid yw'r ffrind gorau yn y byd, meddyliodd yn falch.

Anadlodd Siani'n ddwfn a thawelodd ei nerfau. Gwenodd ar ei rhieni ac yna dechreuodd rapio.

Fe yw Sid a fi yw Siani,
am y gors fach hon ry'n ni am ganu.
Ry'n ni'n rapio a dawnsio ac ysgrifennu
pob math o ganeuon er mwyn eich diddanu.
Boed haf neu hindda, ni bob amser fan hyn
yn gweithio ar ein crefft rhwng y brwyn a'r chwyn.
Fe sbonciwn dros y mwsogl a neidio dros
y dŵr –
mae tawelwch mor ddiflas, ry'n ni'n hoffi
creu stŵr.

Cytgan:
Dewch gyda ni,
fe gewch hwyl a sbri,
credwch ni,
yn y Noson Mawen.
Mae'r gors yma'n un oherwydd llif yr awen.
Mi fydd hi'n noson lawen
yn y Noson Mawen.

Hei, Seimon Cawdel, bydd yn dawel,
mae'r Gors yma'n lli i'n diddanu ni.
Rho gyfle i'r sawl sydd am gystadlu
ac yn gwneud eu gorau o dy flaen di.
Paid â chodi'r un ael, paid â bod yn wael
tuag at y rhai byddi di'n eu noddi
maes o law, so bydda'n hael,
gwranda arnon ni, cer ati i'w cefnogi.

Cytgan:
Dewch gyda ni
fe gewch hwyl a sbri,
credwch ni,
yn y Noson Mawen.
Mae'r gors yma'n un oherwydd llif yr awen.
Mi fydd hi'n noson lawen
yn y Noson Mawen.

Daeth y gân i ben ac roedd Sid a Siani'n chwys domen. Yn sydyn, neidiodd pawb yn y gynulleidfa ar eu traed a chymeradwyo'n wyllt. Pan gododd Seimon Cawdel o'i sedd aeth y neuadd yn dawel.

'Dwi erioed wedi gweld na chlywed unrhyw beth tebyg i hynna o'r blaen,' cyhoeddodd â'i big yn yr awyr. Syllodd Siani a Sid ar ei gilydd a llyncu'n galed. Roedd y ffrindiau'n disgwyl i'r crychydd sgrechian arnyn nhw ond cafodd y ddau sioc pan ddywedodd, 'Dyna'r perfformiad gorau i mi ei weld ers tro byd. Mi fyddwn i wrth fy modd yn eich gwahodd chi i recordio sesiwn yn fy stiwdio.'

Aeth y gynulleidfa'n wyllt unwaith eto.

'Diolch am fy achub i,' meddai Siani wrth Sid.

'Diolch am fy ngorfodi i berfformio o flaen cynulleidfa,' atebodd y corryn. 'A chyn i ti ofyn, do, fe wnes i fwynhau!'

Gwenodd Siani a Sid ar ei gilydd cyn troi unwaith eto i fwynhau cymeradwyaeth trigolion y gors.

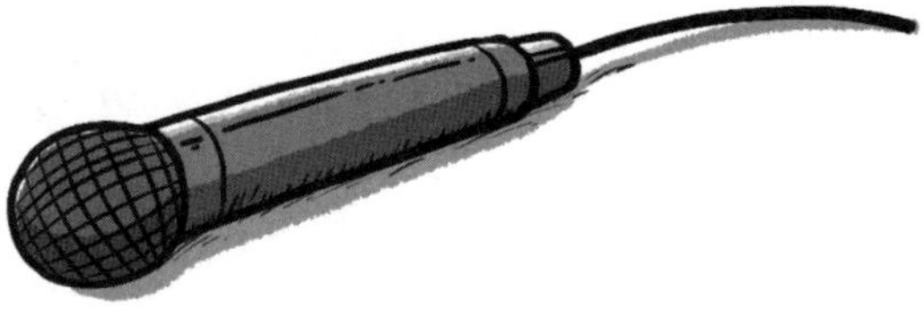

CAMAU CORSIOG

‘Beth oedd y sŵn yna?’ cwynodd Debi’r dylluan wen wrth grynu ar frigyn un o goed y Fforest Fach. Roedd gan yr aderyn ofn y tywyllwch a byddai trigolion y gors yn ei chlywed hi’n sgrechian yn aml.

‘Aaa! Dyna fe eto,’ meddai. Roedd rhywbeth newydd lanio yn y gors islaw ac roedd gormod o ofn arni i fynd i weld beth oedd yno.

Cofiodd am stori y byddai ei mam yn ei hadrodd iddi am Gath Gorniog y Gors pan oedd hi’n gyw yn y nyth. Codai pâr o gyrn o ben y creadur ac roedd yn defnyddio’i chrafangau miniog i ddal pob math o anifeiliaid ac adar. Byddai pawb yn ei heglu hi oddi yno’n syth wrth weld ei chynffon fflwfflyd yn troelli rhwng

brwyn y gors neu'n ei chlywed hi'n mewian.

'Noswaith dda,' meddai Carwyn y cadno wrth drotian heibio coeden Debi.

'Aaaa! Plis paid â 'mwyta i!' sgrechiodd y dylluan.

Chwarddodd y cadno a siglodd ei ben. 'Pam fyddwn i'n dy fwyta di, Debi?'

'O! Ti Carwyn sydd 'na. Ro'n i'n meddwl mai

Cath Gorniog y Gors oeddet ti am eiliad.'

'Beth yw Cath Gorniog y Gors?' holodd Carwyn.

'Bwystfil sy'n crwydro'r gors yn chwilio am anifeiliaid fel ni i'w bwyta,' atebodd Debi.

'Dwi erioed wedi clywed amdani o'r blaen,' meddai Carwyn.

Ebychodd y dylluan yn ofnus. 'Fe glywais i hi'n glanio'n swnllyd rhwng Llyn Hir a Llyn Llwyd cyn i ti gyrraedd.'

Yn sydyn, clywodd y ddau rywbeth yn slwtsian yn y mawn gwlyb tu hwnt i'r fforest.

'Dwi'n gwybod beth yw hon'na,' meddai Carwyn. 'Buwch.'

Torrwyd ar draws y sgwrs pan udodd creadur o gyfeiriad y llynnoedd. Arswydodd y dylluan a'r cadno. Doedd y ddau erioed wedi clywed sŵn tebyg i hyn o'r blaen!

'Dyw buwch ddim yn gwneud sŵn fel 'na,' gwichiodd Debi.

'Ti'n iawn,' sibrydodd Carwyn.

Roedd y ddau ar fin ei heglu hi oddi yno pan wibiodd cysgod drwy'r awyr.

'Aaaa!' sgrechiodd y cadno.

'Aaaa!' sgrechiodd y dylluan yn uwch.

'Beth sy'n bod arnoch chi'ch dau?' holodd Ynyr yr ystlum wrth lanio ar frigyn coeden gerllaw.

'Ti Ynyr sydd 'na,' nododd Carwyn mewn rhyddhad. 'Bydd yn ofalus. Mae Cath Gorniog y Gors yn hela heno.'

'Beth yw Cath Gorniog y Gors?' holodd yr ystlum.

'Bwystfil sy'n chwilio am greaduriaid fel ni i'w bwyta,' atebodd Debi. 'Mae ganddi gyrn yn codi o'i phen a chynffon hir a fflwfflyd. Does 'na'r un creadur yn ddiogel pan mae hi gerllaw!'

'Sut y'ch chi'n gwybod mai hi sydd allan yn y gors?' holodd yr ystlum.

'Clywodd Debi rywbeth yn glanio tu hwnt i

Lyn Llwyd a Llyn Hir,' atebodd Carwyn.

'Welsoch chi hi?' holodd yr ystlum.

'Naddo. Beth am i ti hedfan draw 'na a gweld beth yn union mae hi'n ei wneud?' cynigiodd Debi.

'Pam na ei di?' holodd Ynyr.

'Oherwydd mae'n bwyta tylluanod,' atebodd Debi.

'Os yw hi'n hoffi bwyta tylluanod, efallai ei bod hi'n hoffi bwyta ystlumod hefyd,' ystyriodd Ynyr. 'Cer di, Carwyn. Wedi'r cyfan, ti'n enwog am fod yn gyfrwys.'

Crynodd y cadno. 'Beth os yw'r bwystfil yn fwy cyfrwys na fi?'

Clywodd y tri gamau corsiog yn y tywyllwch a sŵn udo'n atsain ar draws y gors.

'Mae'n dod!' cwynodd Debi.

Roedd rhywun yn symud yn y brwyn gerllaw.

'Hei! Chi'ch tri, beth sy 'mlaen 'ma?' holodd Ffion, cyn camu'n sionc i waelod coeden Debi.

'Cath Gorniog y Gors!' sgrechiodd y dylluan.

'Ffwlbart ydw i, nid cath, Debi,' meddai Ffion.

'Mae'n ddrwg gen i, ro'n i'n meddwl mai ti oedd y bwystfil sy'n crwydro'r gors yn chwilio am greaduriaid i'w bwyta,' gwichiodd yr aderyn.

'Wyt ti'n tynnu 'nghynffon i?' holodd Ffion heb gredu'r un gair.

'Mae'n wir,' nododd Carwyn. 'Wnest ti ddim ei chlywed hi'n udo nawr?'

'Naddo. Ro'n i'n rhy brysur yn hela cwningod,' atebodd y ffwlbart.

'Os nad wyt ti'n ein credu ni, cer draw i'r llynnoedd a chei di weld gyda dy lygaid dy hun,' meddai Ynyr.

'Byddai'r gath yn medru gwynto Ffion o bell,' nododd Carwyn wrth chwifio'i gynffon o flaen ei drwyn.

Roedd Ffion ar fin rhoi pryd o dafod i Carwyn pan glywodd y pedwar sŵn udo a straffaglu ym mawn gwlyb y gors.

'Dyna hi! Mae am ddod i'n bwyta ni!' sgrechiodd Debi unwaith eto.

'Paid â siarad dwli,' meddai'r ffwlbart wrth droi ar ei chynffon.

'Ble wyt ti'n mynd?' holodd Carwyn.

'I weld beth sy'n achosi'r sŵn ofnadwy 'na,' atebodd Ffion. 'Dewch.'

Arweiniodd Ffion y criw o greaduriaid o'r Fforest Fach tuag at y sŵn. Rhewodd y pedwar pan welon nhw greadur mawr yn suddo'n araf i fwd y gors. Roedd golwg drist ar ei wyneb hir a chodai pâr o gyrn fel hen brigau o'i ben.

'Cath Gorniog y Gors,' ebychodd Debi yn ofnus.

'Nid cath yw hwn'na, ond carw,' atebodd Ffion wrth sboncio tuag at y creadur.

Llifai stêm allan o drwyn yr anifail fel mwg yn codi o simne. Roedd wedi corddi'r mawn o'i gwmpas yn ei ymdrech i ddod yn rhydd. Udodd unwaith eto a synhwyrodd Ffion ei fod yn crio.

'Beth sy'n bod?' holodd hithau.

'Dwi'n suddo,' cwynodd y creadur.

'Beth yn y byd wyt ti'n ei wneud yng nghanol y gors?' gofynnodd Ffion.

'Ro'n i'n arwain sled Siôn Corn ond mi ddes i'n rhydd a glanio'n fan hyn. Dwi'n fflachio fy nhrwyn er mwyn dangos i Siôn Corn ble ydw i, ond dyw e ddim wedi dod i'm hachub i.'

Syllodd Ffion ar drwyn y carw. Roedd e wedi ei orchuddio gan dalpyn o fawn. 'Carwyn, dere 'ma,' gorchmynnodd y ffwlbart.

Troediodd y cadno'n ofalus tuag ati. 'Wyt ti'n siŵr dy fod ti'n gallu ymddiried yn hwn?' sibrydodd.

'Ydw,' atebodd Ffion a chydiodd yng nghynffon ei ffrind.

'Aw,' cwynodd Carwyn wrth i Ffion rwbio trwyn y carw gyda'i gynffon.

Yn sydyn, boddwyd y gors mewn golau coch gan orfodi pawb i gau eu llygaid. Clywodd y cwmni glychau'n tincial a rhywun yn chwerthin yn llon. 'Ho, ho, ho! Fan hyn wyt ti!' meddai llais dwfn.

Pan agorodd pawb eu llygaid, roedd dyn mewn gwisg goch a barf wen yn rhwymo'r carw at res o geirw eraill. Y tu ôl i'r ceirw, roedd sled hir yn llawn sachau enfawr.

'Diolch am ddangos i mi ble roedd Rwdolff

wedi mynd,' meddai'r dyn. 'Petaech chi heb wneud hyn'na, byddai plant y byd wedi dihuno bore fory heb anrhegion i'w hagor!' Chwarddodd y dyn unwaith eto cyn estyn tarten Nadolig enfawr o'r sach a'i gosod o flaen yr anifeiliaid. 'Rhywbeth bach i ddweud diolch,' meddai cyn neidio yn ôl i'w sled. 'Nadolig llawen!' gwaeddodd yn uchel wrth i'r sled a'r ceirw godi i fyny'r awyr a diflannu i ganol sêr y nos.

'Pwy yn y byd oedd hwn'na?' holodd Debi.

'Sdim syniad gen i,' atebodd Carwyn.

'Pwy bynnag oedd e, mae e wedi rhoi rhywbeth sy'n gwynto'n flasus i ni,' nododd Ynyr.

'Beth am i ni fynd yn ôl i'r Fforest Fach i'w fwyta?' cynigiodd Ffion.

I ffwrdd â'r pedwar i gyfeiriad y coed a threulio gweddill y noson yn gwledda'n hapus yng nghwmni ei gilydd.

Daw Meilyr Siôn o Aberaeron yn wreiddiol ond mae bellach yn byw yn Y Barri gyda'i deulu. Mae'n actor, yn gyflwynydd ac yn awdur sydd wedi cyhoeddi sawl llyfr i blant.